歌集 萩風光

木村順子
Kimura Junko

六花書林

萩風光　＊　目次

耳

装幀　真田幸治

萩風光

耳

ただいちど瑠璃鶲見し川土手にあまた咲きゐるムスカリの花

ひと回り若いが羨《とも》しと言はれをり時計草咲くフェンスの内に

ふんふんとよき耳を持つ人なりき一家言ありはや逝きませり

移りつつひと枝ごとに啼いてゐるひぐれの鳥語に耳はかたむく

耳までも赤くなりたる少女期の　われを思へばとほくひかるよ

礼文島の花咲くパンフ　テーブルに幾日も置く開きしままに

耳は聡き母の傍へに〈今晩が山です〉と医師　聞きて逝きしや

夢なるかうつつなりしかわが腕が櫂となりゐて宙へ漕ぎだす

春あらし容赦もあらず散らしゆくsalmon pinkの花びらの耳

春雷はみたびを鳴りて過ぎゆけり従者のごとくやがて雨くる

将来は庭師もいいなとふと思ひわれに返れり　春草伸びぬ

吾が思ひに係はりなくて逸れてゆく一羽の鳩が首を振りふり

わがうしろ 咳《しはぶき》 せると振り向けば老いしカラスやとことこ歩みく

目ざめゐて聞く雨の音鳥たちは草の深処に睡りゐるべし

時間を纏ふ

〈人生七十古来稀なり〉ありがたく春のうしほの汁啜りをり

今日みたび道を問はれしわたくしは時間を纏ふ樹木にあらむ

白藤のゆふぐれ傍へをゆきあへる眉雪の人は叔父のごとしも

憲法記念日の集ひ

去年あつくあつく語りたりし人岸井成格はかなくなりぬ

春彼岸さやさやそよぐ竹林の竹の子たれかが食ひたしといふ

薬局の入り口までを這ひゆけり僅かな土にヒメツルソバは

老夫妻、先ゆく夫がふり向くをふふと笑へりうしろゆく妻

黙《もだ》ふかき父のやうなる裸木に小鳥が夕焼けついばみてをり

今ならば

タンタンとタタタタの差に二人娘《ふたりご》の階段上るとほきゆふぐれ

抽斗にしまひ置きたる歳月を覚めゐしやうに母の字起《た》てり

母よりの手紙は娘らに語りかくひらがなのみと漢字混じりに

元気だよの声に甘えて来たりしよ　いま山鳩の啼くばかりなり

きさらぎの三ヶ月《みこぜ》の坂を上りくる手押しぐるまは亡き母ならむ

防人の母《も》なし子うたふわが小県郡《ちひさがたこほり》の人の、しのびて読まむ

帰省して並べる料理に手をあはせ上げ膳なりと喜びにけり

抽斗に種は十年眠りゐて母の字〈あさがほ〉滲みをりけり

ひそやかに見守りくれしたらちねの母のやうなる昼月うかぶ

死者ばかりよぎる覚めぎはありあけの月に問へども応へのあらず

今ならばいまならばと思ふなり川辺の桜の下をゆくとき

小鳥はいつも

あらたまの春の光のおだしきをその儘ピンに留めおきたし

八十になればいい事ありさうと記せる賀状にまなこ留める

眩しくてカーテンずらすテレビには富山空港吹雪いてゐたり

カーテンを鳥影よぎりゆきにけり　小鳥はいつもまつしぐらなり

いつまでも風のてのひらに遊びゐるビニール袋は昭和の子ども

パクチーをちぎりたる手の匂ふままゆふべ受けとる宅配荷物

〈米軍に報復攻撃〉卓上に新聞バリバリ乾いてをりぬ

鎮まらぬ春

ゆく春の花の記憶に残りしや傍へをゆきしマスクの人ら

休校のこどもらいづこ　かがやきて中古車ならぶ春の街角

鎮まらぬ春のゆふげを〈鯛の鯛〉かざしてみせる人の箸先

さみどりの葡萄しきりに抓みゐるテレワークの娘が日曜に来て

無症状と思へばたちまち怖くなる呵々と笑へる若き美容師

コーヒーの粉を吸ひたる掃除機が香りをどうぞと差しだす朝《あした》

都人四万あまり死にたりと『方丈記』は記す　養和の頃なり

はかなさの嘆きもひとは忘るるといにしへ人の長明言ひき

〈我やさき　人やさき　けふともしらず　あすともしらず〉志村けん逝く

志村けん追悼番組にわらひ出づ　ゆり起こさるるあの頃のこと

春のバスに降りゆく人と乗る人の交々ありぬこの世の時間

タッチして桜散りゆくタッチされ木々の若葉は芯ふかく燃ゆ

もう少し駆けてきますと銀色の缶がカラカラ転がりゆけり

アガパンサスの花火

まだあをきどんぐりの実が密にして涼しき顔を晒してゐたり

ウイルスの潜むこの世にきほひ咲き荒地野菊はわが背を越える

たちまちに席巻しゐるウイルスの世界といふはいちまいの布

春うらら老若男女それぞれにマスクつけゐるこの現世《うつしよ》や

人ちがひされてゐるらしにこやかに花の庭から挨拶される

アイロンを布のマスクに当てをれば映りてとほき春の雲ある

日付さへ忘れてしまふコロナ禍の歩道の隙《ひま》に咲く姫すみれ

コロナ禍をさらひゆくべし夕風にラベンダーの香りたちをり

夏祭り失せたる街のロータリーにアガパンサスの花火の上がる

透明になりて自《し》が身をまもりゐる深海のイカのあかき臓《わた》はも

いつか姉と入りたるカフェ〈閉店〉の貼り紙ありて硝子戸昏し

ひと先づは椅子に凭れて放心す打つのは先だ未知のワクチン

若いねと囃されたぢろぐ二回目の三十八度六分の発熱

ぶら下げてゐる札〈ワクチン済み〉とありすれ違ひたり素顔の人と

みづからの影に驚く赤ちゃんは麒麟の子なり突《つつ》いてゐたり

駅なかの七夕かざりが触れあへる願ひはひとつコロナ終熄

駅前の柱のうしろのブロンズ像マスクかけるに初めて気づく

八人の頭かぞへてコロナ世のシアターに観る〈ドライブ・マイ・カー〉

スプリング・エフェメラル

挨拶はあづまいちげの明るさに〈こんにちは〉と交はしてゆけり

さながらに羽撃く小鳥のやうなりき傾りいちめん堅香子《かたかご》揺れて

こならのす　まぐはし児ろは　と歌はれし小楢の木影が直角に伸ぶ

せせらぎの音はわが立つ橋の下　山水ひとすぢ流れてゐたり

〈スプリング・エフェメラル〉目覚めゐて呼び交はしをり三毳《みかも》の山に

堅香子は素足のやうな花なりと思ひてゐたり下界にとほく

おほき掌

迫りあがるバケットリフトに工夫らは青空の雲つかむがごとし

度々の地震にコアラの縫ひぐるみがいつしか棚に横向いてをり

ゆでたまご其処に隠れてゐるやうな曇天の日の太陽やさし

対岸をあゆめる人のかげ揺らし水脈ひきてゆく一羽の鴨は

スーパーのチリ産葡萄に思ふかなこの房摘みし人のおほき掌《て》

クール便の後ろの扉開けしままみかん箱抱へ走りゆくひと

秋天にまろきアンテナひつたりと実りの音を蒐めてゐたり

大あさり伊良湖岬に啜りたるあの秋の日はいつにありしや

ほのあかり～戸定邸

山ももを仰げば赤き実のひとつ慰《いさめ》のごとく頰を打ちたり

土のへにこぼれる白き沙羅の花ほのあかりして梅雨空照らす

竹林を背にひんやりと憩ふとき蟻のぼりくる怖しヒアリは

窪ませたペットボトルがふいに鳴り合図のごとくわれ立ちあがる

穪の花こぼれはじめて撓わなり　奇数の年に咲くといふ花

松戸の丘に咲く雛芥子を膝に置き〈いみじきうすもの〉と歌ひし晶子

かやぶき門入れば樹下の小暗きに黄の花つらぬる柊南天

水戸藩第十一代藩主

昭武もくぐりたりしや不老門さびてひつそりノキシノブ垂る

花つけし枇杷の大樹のふところに羽光らせて小鳥もぐりぬ

段差ある戸《と》定邸《ぢやうてい》の階段につまづき傍への尾花つかめり

片陰の少し及べるいひぎりは真つ赤な実を垂る戸定が丘に

松戸宿のぞきをりけむ　昭武の望遠鏡は万博みやげ

この件《くだり》栄一らしも簡略の手紙の理由《わけ》いふパリからの手紙

墓所さびし

挨拶を子にいくたびも教へゐる母のをりたり〈あさま〉の席に

うつしよに父母《ちちはは》をらぬ　古き家《や》の醸せるにほひを先づ開け放つ

庭の草ひく影ありてぬつと出づ昨日《きぞ》帰郷せし上のおとうと

縞茅は珍重なるらし丁重に庭師持ちゆく夕かたまけて

冬の日の明るき部屋に刺繍《さ》しゐけむ母の手鞠のあはき色合ひ

咲きつげるクサケフチクタウ剪りとりて盆花とせし　母のゐた庭

天をつく柏の大樹八月のつきかげに立つ忿りのごとく

ハクビシン跳梁するらし月読《つくよみ》の今宵はわが耳よく野を駈ける

リツさんと言ふがわからぬ、回出《くりだし》の位牌に享保の没年あるも

故郷にとほく住みゐて墓所さびしハクビシンも鹿も出で来よ

包丁がこんなに切れる　母の掌のにぎりしめゐし時間を思ふ

十年をとめおく

義父

十年をとめおくごとき花びらの降りきてやうやく納骨終へぬ

寺庭のもみぢに多《さは》なるぷろぺらがスタンバイする大き夏空

知り人のごとくゆらゆら飛び来たる黒揚羽をり墓石のあひを

木陰にて玉砂利あらふ人をりぬ　法被すがたに盥をゆらし

脱ぎし靴の縁をゆるりと這ふ毛虫　桜もみぢの散りしける寺

マムシ草

追分の鉄路にへばりついて咲くすみれは紫紺のかがやき放つ

新緑のあふるる無人の駅に食む釜飯うまし苧環《をだまき》咲けり

ちひさなる旅の始まりメモ残し空釜いつとき置かせてもらふ

油屋を出づればうぐひす上《うは》ごゑにふた声み声艶やかなりき

マムシ草《ぐさ》の丈の低きと高きありこゑごゑにゆくたかはらの道

朴かへで樹木のおほふ犀星の家つつましく苔の濃みどり

白き苞ひたとひらける山法師漫《すず》ろなりけり雨に濡れゐて

なつかしき森は森へと誘《いざな》へり夏への呼吸《いき》をふかくしながら

紫蘇科コリウス和名金襴紫蘇の花のみづ色を今朝庭に見つけぬ

おとうと

盆に会ひ父母の御魂を迎へしに四ヶ月後《のち》おとうと逝けり

おとうとの肺腑は白きからす瓜の花影に埋めつくされたりき

てのひらに余る豆腐が切り岸にふるふる震へるぬばたまの夜

入院をして七日目のおとうとは大きな意地をにぎりて逝けり

こんな事あるかと問へば〈守られてゐた方〉と言ふ女医の横顔

〈ご自宅で過ごされし事幸ひ〉とさうかも知れぬ　あはく肯ふ

生家なる祭壇にゐむ弟のはや父祖の座にまじりてゐたり

クリーンなエネルギーとぞその後を寡黙にをりし弟ゆけり

囃される事なき企業戦士はもふたつにひとつの道を選りしが

だるまさんが転んだと振りむけばそこに笑つてゐた弟よ

ひなくもり碓氷の峠を越えてなほ嘘かと思ふ墓のおとうと

やはらかに風になびける草の先朝光《あさかげ》揺れてあそぶたましひ

俤《おもかげ》と書けばおとうと春彼岸忿りにも似たかなしみ湧いて

一周忌終へて帰れる夕空にひときは耀くひとつ星あり

お神籤ひらく

かたはらのけやき大樹の枝の下《もと》　夏越祓《なごしのはらへ》の茅の輪くぐれり

木漏れ日の罔象女神《みづはめのかみ》の水神社ここぞと降りつぐ九州に雨

お手植ゑの高野槙なるかたはらに久しぶりなるお神籤ひらく

窓に見る雨の日曜しづかなりむらさきつゆ草色濃く咲けり

もう少し歩まば泥濘ありたるや　夏の花照る傍へに佇てり

花の色濃し

廃材をおほふがごとく咲きさかるおしろい花のくれなゐと白

懐かしくちよつぴり切ない給食のけんちん汁の匂ひながれ来

白雲をつとはなれ来し踏切のポールは水欲る麒麟のやうだ

飛び魚のごとき少女のわらひ声　かへらざる夏暗みゆきたり

目のまへにちさき山あるふるさとは翳ふかくして花の色濃し

鳳仙花はじけゐたりし石蹴りの　更地さらさら陽のあたりをり

集ふこともうなくなりし古里の〈かもめ食堂〉ペチュニアの花

モノクロの写真の少女よわれはいま下総にゐて花の種まく

あを緑いっぱいにしてからっぽの循環バスゆくけやき通りを

サイコロの転がるごとく転居してここに留まる二十年はや

おそらくは終の住処となるだらう月の光のたひらかに差す

ゐむごとく

野仏はめはなうすれてゐむごとく小さくおはす御代田の里に

ななかまど檀《まゆみ》あきぐみ山ぶだうこゐに出しゆくたかはらの道

一枚の紅葉の霜にこほれるを雲場の池の小径にひろふ

から松の黄葉《もみぢ》しぐれに濡れゐしやいにしへ人の大工の背《せな》は

幾ひらの紅葉今宵も駆けをらむ矢ヶ崎川の澄める水の上《へ》

寅さん

寅さんもおいちやんももう世にあらず外国人の言葉ゆきかふ

寅さんの像から十八年ぶりにさくらの像が建つ

寅さんの視線の先に今度いつ帰つて来るのとさくらが来たよ

寅さんならどんなセリフを吐くだらう活断層のうへの原発

藹々《あいあい》と空おしあげる夏の日の帝釈天のこの木なんの木

老いづけば互みに似たり　夕映えを歩み来る人わが夫ならし

淋しさと俠気を残し寅さんは〈あばよ〉と言って逝きてしまひぬ

花好きな住人去りて零れ種の白きベゴニアの花ひらきたり

ミュシャ展

匂ふごと花のティアラのジスモンダ　去りて一念スラヴ賛歌へ

白き星青透く夜空さりながらはじめの絵より不穏がつのる

はみだせる念《おも》ひ巨大なカンヴァスに〈スラヴ叙事詩〉のミュシャの心血

わが壁の〈イリュストラシオン〉誌の表紙絵のミステリアスを眺めて飽かず

表紙絵イメージ

ひともとの花に込めたる悔いにぎり明るい明日を信じてわたる

昔語りの

小諸駅淋しかりけり新幹線〈あさま・かがやき〉素通りをせり

牧水のうたひし秋ぐさ懐古園のあぢさゐ淡き彩《いろ》とどめをり

散りくる葉キャッチしてわれのめりたり母のふる里小諸城趾に

草笛のほそくひびける施設にて母と短き時間《とき》を過ごしき

足裏《あなうら》を落ち葉に取られつつ行けば観音さまは暗がりに坐《ま》す

ゆくりなく布引観音に会ひにけり昔語りの母のこゑする

歌会の果てる頃ほひ待つやうに天より初雪降《お》りて来たれり

旧軽の奥処にせつせつ流れゐる川のほとりの犀星の詩碑

たつぷりとかけし七味に噎せり　父祖の畑の蕎麦の白花

両の手に湯のみ包みてほつこりす小さな旅のおそき昼餉に

掛かれる帽子

早朝に鳴りひびくベル　叫びゐて掠れるやうな姉の声せり

吹く風に鳥も一瞬とまどひてこんがらかれる姿を見たり

気丈なる姉と思へど丈のつゐ外されゐたり四十九日過ぎ

主なくて掛かれる帽子たとへれば金田一耕助被りしやうな

画材店に絵具えらべる姉を待ち〈星月夜展〉の案内《あない》に見入る

嗚呼五月〈君死にたまふことなかれ〉せつせつ歌ふイ・ヂョンミは

駅前の街灯のうへに胸そらし鳩は見てをり人の生《よ》のこと

じやがいものうす紫の花あかりゆふべの畑をしづかに照らす

ヘッセのよこがほ

ヘルダーリンあはれ幽閉されし塔ネッカー川に滲み映れり

教会の椅子に坐りてシャガールの青き光彩しばし浴びゐる

さまざまに踏みつけられしアルザスや広場にまはる回転木馬

鉄看板はアンシの少女どことなく愛らし真つ赤なりぼんの帽子

ヘルマン・ヘッセ働きしとふ古書店の向かひの店に珈琲すする

赤壁の木組みの書店に出入りするヘッセのよこがほ憶ひてゐたり

アルザスの紺青の空煙突の巣の上《へ》にすつくと立つコフノトリ

黒い森パノラマのごと拡がれり　隠れをりしやゲルマンの兵

エフェソスの陽差しに射られ一本の樹下にひたりと寄りあひし日よ

ストレッチャー

まどろめる秋のひと日に届きたる健診結果のあを色紙片

泣き笑ひしてゐるやうなうす月が東の空にはりついてゐる

〈きれいな月が出てゐます〉手術日の前夜にあふぐ磨かれし月

いつか見し映像ならむ眼を瞑りストレッチャーに運ばれてゆく

回診の医師の背中はいつも伸び傷口きれいと微笑みて去る

朝光《あさかげ》の明《さや》かにいたれるデイルーム大銀杏の黄と対《むか》ひあひをり

祝日のにぎはひありし水の辺をまぶしみにつつけふ退院す

少しづつ進んでゐるから着くだらう力抜きつつ冬の電車に

停車する束の間膝に日の差せばそのまま温みを保ちてゆけり

ああ然うだ映画に行かう　樹木希林、フレディ・マーキュリーに会ふ為に

霜月を捲れば最後の戌年の　ターシャ・チューダーがツリーを飾る

うす紅の山茶花びつしりゐむごとし歌会果てし〈アルル〉のかたへ

身につかぬわが服薬を確かめる娘のメールあり　メールは優し

ふたごかとむかし聞かれし友ありて同じ病を神あたへたまふ

ガラス障子

もう一輪ひらかぬゆゑに託したる開花宣言あしたといふ日

ばつさりと伐られてしまつた椿の木かた枝あげてもの申すなり

百均に走りあがなふ老眼鏡べんりな社会の端に坐れり

スマホ繰る肘の高さの揃ひたる少女らに従く渋谷のトイレ

まだ稚きしら梅かそけく咲くが見ゆ歌会ひらくガラス障子に

わが歌のフレーズひとつ歌会につぶやき置かれはたと気づけり

推敲はちびくろさんぼの虎のやうぐるぐるまはつて溶けてしまへり

わが日々のつたなき歌に返りこし茶の花のごと薫る手紙は

まんえふの憶良もうたふ　金《くがね》より優れる宝子に及《し》かめやも

春告鳥・歌詠鳥なるうぐひすのしきりに啼けり〈関さんの森〉

ジャンプして花びらつかみし末の姪先陣切つて嫁ぎゆきたり

たんぽぽの子が旅立てる単線に撮り鉄ひとりかまへてゐたり

焼き栗

寺庭の骨董市のすみに買ふ丹波ささやまの焼き栗うまし

寺庭の苔のなだりに散りつもり灰さくら色なせる花びら

さざれいし五重塔の足下にひつそり巌《いはほ》となりて鎮もる
柔らかきひかりの中に散りのこるさくらの優し中山の寺

馬流駅

梅雨空に青空のぞきさい先のよしと思へりあずさ九号に

さまざまな緑分けゆく小海線さはさはとをり蚕のやうに

奔流にながるる馬のまぼろしや馬流《まながし》といふ駅名のあり

念《おも》ふことありやなしやに千年を黙しきたれる〈野ざらしの鐘〉

月のひかり汲めることなき釣鐘のがらんどうを思ひてゐたり

松原の湖《うみ》を穿てる天気雨たちまち白く烟りゆきたり

湖にスワンボートの寄りあへりシーズンオフを憩へるごとし

シャトルバス

検査結果聞く日のけふの運勢は中ぐらゐなり山茶花咲けり

病院の会計処理機が〈お大事に〉とリフレインするソファの傍へ

シャトルバスに一人きりなり病院を五分遅れて出発をする

テーブルに薬の抜け殻二つ三つ秋陽しづかに差してをりけり

何だらうこの草臥れはとつぶやけば齢さと言へり　木犀にほふ

坐してひとたび鉛のやうになりたれどやうやく亀の動きを始む

こんな処にわれの写真の一枚が　やがての日にと選りしを忘れ

秋空に大縄跳びのまはりゐていつかひつそり抜けゆくならむ

涼風

出で入りに触れて散らせるルリマツリ玄関脇のそら色の花

ゆきかひし庭の白蝶つと止まり額あぢさゐのひと葩《ひら》となる

夕風が熾火を吹いてゆくごとし石榴の花のふくらみて見ゆ

ふんはりと干されて白しアパートのちぎれ雲のやうなる産着

歌会の余波《なごり》につどふビアガーデンちさき涼風《すずかぜ》生まれてをりぬ

いつしかに熱《ほて》り治まる屋上にそつと差しくる夕あかねあり

低き枝にぶらさがりゐる獅子柚子のお腹の辺りに満ちゐるひかり

撓みたるつるばらの枝をフック棒にひきよす二階の窓辺に立ちて

下の句の良き

ヴォーリズの郵便局の前に立つ丸いポストが馴染みてゐるも

でんとわれ凭れてみたき磐座《いはくら》を注連縄かこへりひと廻りする

白鬚の神のみまへに鈴鳴らし御利益祈願すふたつのことを

上の句は鉄幹下の句晶子の碑すさびをりしも下の句のよき

竹生島は神仏おはす　苔のむす五重塔にみつめられをり

まづ上る一六五段秘仏なれば想ふほかなき大弁財天

烏賊祀る由良比女《ゆらひめ》神社の傍らに漁夫吊りあげし大烏賊を見き

地下書庫

霞ヶ関をあの朝われは通過した　しやう《彰》くわう《晃》といふ尊師のをりて

シェルターになりし地下書庫八階に資料選りし日ふと思ひ出づ

遠き日の『火の国の女の日記』重たかりしよ　高群逸枝

四階のまど辺に桜のせまり来てうつつ心の失せし一瞬《とき》はも

海外の書籍のたぐひ解《ほど》きしに手袋マスクしてゐたサーズ禍

送別の宴にミモザの照り翳り　今生会はぬと言ふもあるべし

紅蜀葵

あぢさゐの葉むらにノラの消えゆきて六月の雨ふくらむ緑

瑠璃紺の花の名教へて下さいと呼びとめられぬ玄関まへに

頭《づ》を垂れてたかさご百合の咲きいでぬ八月六日の光濡れゐて

まつすぐに咲く紅蜀葵　少年があかごを負《おぶ》ひ口ひきむすぶ

長崎のモノクロ写真の少年の七十五年まへのしんじつ

黒錆びて花も葉つぱも俯けりぎらつきてあれ真昼ひぐるま

松茸山

ほのぐらき灯りの下にほろ酔ひてしんと更けゆく山の湯宿は

クラスメイトが松茸山を持つゆゑに松茸づくしの宴となれり

おもかげのさしも変はらぬＫ君が〈信濃の国〉の歌の指揮とる

浅間山車窓にのぞみ松茸のおにぎり食みをり胸いつぱいに

ひまはりの種

和光前にテレビクルーの近づきてひまはりの花に向かひゆきしよ

ほそき脚に小走りしては首もたぐハクセキレイの頭小さし

隣へとフェンス飛びこえ咲いてゐる日々草の子のうす紅や

ベトナムの母子さやさや囁いてひまはりあふげりひまはりの燦

食べるのでひまはりの種を下さいと通りすがりの小父さんが言ふ

野に咲ける薊の花にそつくりな牛蒡の花にお初にといふ

もしかしたらわれわれかも知れぬ人捜す防災無線ひびく夏空

振りむけどだあれもゐないＡＴＭの自動ドアを風が開けゆく

今は見ぬ少しごつくて良き貌を〈プロジェクトX〉に見出せり

ワクチンに安堵したればふかぶかとカフェの隅にひらく歌会

秋のあいさつ

道の辺の種のまなこをあまた受くおしろい花の秋のあいさつ

翅を閉ぢひらいては閉ぢ黄の花に漸くやすらぐアサギマダラは

以前なら走つて渡つた信号をさくら紅葉がはしりゆくなり

ほろほろと薄の花咲くゆふぐれの親しかりけりわれの齢《よはひ》も

まがる時触れてしまひし自転車が初雪かづらの紅葉を散らす

北風の貌に向かひてペダルこぐ三角乗りの赤きママチャリ

やんちやなる幼児《をさなご》のごと紫のメキシカンセージは紐に括らる

頓狂なわれらが声にふり向きてふくろふは身を細くするなり

野は枯れて一心燃ゆるたうがらしのまつたき朱《あけ》よ今宵満月

栃の葉のひるがへる午後天上より大き噫の聞こえてきたり

砲弾でなくて良かつた　どんぐりが落ちてはづめりわが臍までも

心地よき脱力ありて黄葉するうぐひすかぐらの夢やはらかし

消去法

午前九時ひとかげまばらな学校のスノコ踏みゆき記載台まで

棄権する人もありなむ消去法にて記してゐたり筆圧うすく

夕暮れにマスクとキャップ深くして娘は選挙に出かけてゆけり

リビングのドアに〈ただいま〉言へる娘の梔子色のマフラーのぞく

クレーマー何処にもゐるらし　消音にテレビを眺めてゐたり娘は

午後五時のチャイムの歌が明るくて時雨れる街に灯りがついた

ふるさとの紅芯大根切りたれば差すくれなゐやけふの終はりに

屈みたる〈ヤクルトレディ〉の肩先にランタナの花零れかかれり

つながりのうすれるこの世の晩秋に色とりどりの小菊がにほふ

川底の亀のぞきこむ老夫婦われもつられてのぞく極月

おほとしの日のあたたかし銀杏を剝けば十日の月のやうなる

つごもりのふかき蒼空さば雲に手を振るやうに窓みがきをり

はや足にして

道の辺にふつくら彩《いろ》づく箒草あかい卵を生んでくれぬか

ひるまへの萬満寺に人をらず一茶も撞きけむ鐘ひとつつく

馬橋なる大川立砂《りふさ》を恃みけむはや足にしてしげく通ひし

流山の双樹はみりん〈あつぱれ〉の醸造主にて一茶の俳友

流山ながれやまへと逸りけむ俳号〈双樹〉といふ一人《いちにん》へ

黄菊から今し生れたるあげは蝶一茶庵の屋根越えゆけり

白雨の後

涙活とふ言葉あるらしさういへば白雨の後の石のかがやき

もらひ泣きならぬもらひ笑ひはも　笑ひころげし涙もありき

向かひ家に立てかけてある四本のビニール傘がみな濡れてゐる

傘は今日必要だらうか迷ひをりなんだか今日は忘れる気がする

みな何をしてゐるのだらう春昼の蝸牛のやうなる家々しづか

きく芋は菊科イヌリン豊富なり土のにほひがやみつきになる

子はうさぎ夫はひつじわれうりばう菊芋サラダが塩に濡れゐる

台風のあひまをぬつて娘はかへる奄美の黒糖焼酎さげて

戦火の塒

米国の〈米〉を光とよみちがふイリノイ州の銃乱射事件

なかぞらに花びらつつきあふ雀　戦火の塒はいづこにあらむ

イズミルに大地震《おほなゐ》あれば思ひをり　旅に一会のレベンツさんを

午すぎの常磐線の人の間にのびくる手あり席ゆづらるる

シアターの座席の隅のくらがりに忘れし手袋拉げてをらむ

ああけふはこんな処に蜘蛛がゐて　踵落としする夏の夕ぐれ

雨の日の美容室に肩揉まれ眼をつむりをり亡き母のごと

蔓ばらの枝に下がれる露ふたつひとつ増えゐてまたひとつ増ゆ

瓶子の滝

炭酸をコップの氷にそそぐ瞬間《とき》凜と鳴りたる音はある色

新緑の榛名の森にうぐひすのひと声ふた声わたりゆきたり

山の辺の一薬草はうすぐらき木立の根方に慎ましく咲く

わが裡にすつくと透るいっぽんの沢の冷気と瓶子《みすず》の滝が

三十分列《なら》びて喉を下れるはひんやりひかりの水沢うどん

ひきもどす萩

九月三日娘の生日に見つけたり萩にちひさき紅の点るを

萩の枝にもううす紅の点りゐてしばし時間をはぐれゐしやう

大萩のゆるれば人のけはひして顔あげ窓見る朝な夕なに

待つさくら咲いて知る萩いづれにも孤悲とふ大和の心ありけり

寝ねぎはに夜ごとのぞいて見る月のとりわけ好きな十三夜月

金時草《きんじさう》てんぷらにしても美《うま》いとぞ花農園のをぢさんが言ふ

長靴の男らさけぶはディスタンス赤うを青うをぬめりひかれる

ひさびさの湊はうれし寄する浪われて砕けて裂けて散るかも

ひき戻す萩の花の枝《え》いくたびも風にしたがひ隣家へながる

野守草《のもりぐさ》くぐり来たればわが頭《づ》より紅《くれなゐ》の花こぼれ落ちたり
野守草は萩の異称

ハクビシン目撃譚をふいに娘がこゑはづませる夕餉の卓に

年々に枝ぶり違へて咲く萩のスマホに蔵ひ消しがたかりき

かたばみの戦げる辺り夏過ぎて小さなピンクの自転車置かる

松戸市女児行方不明事件

Sちゃんのシャツの色と思ひをり野守草のこぼれたる花

余波の夕映え

白菜のあたま結はへてならぶ上《へ》を余波《なごり》の夕映えあまねくわたる

蠟梅の匂へる縁にうらうらとこの世の外にねむりゐる猫

とつぎたるむすめの部屋に消耗品積みあぐる人　天窓あかし

手をあらひつと顔上げておどろきぬ鏡の奥にたらちねの顔

上書きはしないでおくよ　久々の電話にむかしの仲間がわらふ

老々のポストに塾のちらしあり春のかをりの消しゴム添へて

何せむと忘れし昨日《きぞ》の場所に立ち今日はすんなり花鋏とる

過ぎ去つてしまへばあれこれ懐かしくサザンの歌をたぐりゐる夜

人に死のある事まざまざ　本棚の『人生の親戚』しみじみ眺む

墨色のスポンジひとつ替へたれば明るいシンク　春の朧夜

正月の松さしかへて桃の花飾ればをとめご笑ふがごとし

道の駅にあがなふ菜花に顔のあり「輪子」さんといふ生産者

テレワーク四年目の娘はベランダに小松菜青々そよがせてゐる

黄あやめの花

東方に氷山のごと雲立てば俄にちひさきわが影のある

探しもの此処にをりしよ吹きぬけの嵌めころし窓のあをい満月

にっぽんの夜空美しひしやく星むぎ星くさ星こころ星光《て》る

たひ焼きの小さな名店閉鎖せり知る人のほか知る人なくて

流行りゐし〈およげ！たひやきくん〉歌ひつつ保育園より娘と帰りたり

ヒメヂヨヲンが一本《ひともと》微かに揺れてをりドアへと向かふ階段の隅

ドライバーが眼を遣りてをり川の辺に咲き盛りたる黄あやめの花

虫すだく夏の夕べとなりにしや　補聴器ちりちりテーブルに鳴る

検査薬に瞳孔ひらきし人に添ひ手を取りゆきぬ御茶ノ水まで

ランチの卓

千駄木にわれのみ降りていつぽんの傘は旅ゆく向ヶ丘遊園へ

案内《あない》され曲がれる路地にシンプルな灯りをともす古民家の店

真つ当にわれら老いたり変はらないねと互みにランチの卓に言ひ合ひ

額あぢさゐの花のまなかに掲げたし百歳看とつて苦のなきことば

蔓バラの高きひと枝が籬はづしふうらりふらり風にただよふ

朽ちかけし花に触れたる一瞬をあつといふ間にくづれけるかも

捨てられずつるしおく服ハンガーに春夏秋冬ひねくれもせず

東尋坊

旅に出る朝に寄せたるプランター花の水遣りしかと頼めり

この炎暑頓死のふあんよぎれるも近づく旅にこころは逸る

ゐちぜんの平泉寺なる苔むしろよべ降る雨に深まるみどり

入りゆけば背《せな》シャンとする杉木立千年余りを生きるなきわれ

東尋坊にひたすら入り日を見守りて沈んだねと言ふ傍への人に

路地の向かうにかいま見えたる海なりし声をあげたる修学旅行

うすぐもる一乗谷に戦ひを知らぬ緋鯉がうねり寄りくる

敵見えてこちらは見えぬ巧妙な遺跡の土塀に隠れん坊する

氷菓

〈しろくま〉の氷菓をさくさく掬ひをり　ああ北極の氷が溶ける

小父さんの自転車に買ふキャンデーは青色ばかりだつた気がする

走りこみ座れる人の熱気はもふはつと伝はるまひるの電車

かひ猫を捜せる人よ見まはせど人もをらない日ざかりの街

たれかれのバッグに長葱飛びだして案外呼吸《いき》が楽だよといふ

一本のみ葱買ふわれをあらまあと彼岸の母は戸惑ひをらむ

朝採りの唐黍あたまをそろへゐて少し湿れる箱にとどきぬ

秋はもうこない気がする八月尽ブルームーンにかかるうす雲

さはいへど　紅《くれなゐ》ぽちつと点りゐていつしか萩のしだれ咲きをり

風にのり大玉乗り！と聞こえ来ぬ川を越えたる小学校より

この星の大災害の後《のち》知らずたたずむあれは私にあらむ

医療費の値あがる十月朔日のたうたう娘はコロナに罹る

七日目に子が癒え発せしひとり言〈嗚呼おいしい〉を背《せな》に聞きをり

今日の青空

あさき眠りに見し夢ならむ　悲愴なるゼレンスキーの顔あらはれぬ

うつくしき彩《いろ》うしなはれ瓦礫へと化したる街に降るみぞれ雪

だからつて人を殺める筋はないむなしき風が雨戸を揺らす

ふをんなる春をあゆめば垣の下こんにちはといふ黄水仙は

春ひと日パン屋にパンを選びをりパンの匂ひに包まれながら

公園のベンチにおにぎり食むわれの　日常さらふ鴉をらぬか

クレパスに描きしやうなるやはらかな今日の青空戦地の子らに

ガチャなんて誰言ひだせり然ういへばわが時代ガチャ戦火はあらず

なかぞらに雀は何を見しならむあさけの窓にぶつかり来たる

祈禱僧ラスプーチンの囁きにキリル総主教がプーチンに寄る

プーチンのマトリョーシカにゴルバチョフも蔵はれをりき、露店にあまた

〈善き人のためのソナタ〉のビースラーきつとゐる筈あのロシアにも

せんさうに割つて入つて鉦太鼓〈風流踊〉にまぎれゆかむよ

朝の卓に食《た》ぶる林檎のみづみづし　戦果の果の字濡れてをりけり

そばぼうろ

あらたまの春晴れわたり栴檀の万の実カラカラ鳴りだすごとし

手作りのそばぼうろの梅の花　友のひとがらあひ添ひにけり

そばぼうろの仄かな甘みを嚙みしめるこんな味なり平和といふは

キーウのさくら狭庭のつる薔薇一月を吉祥のごとほころび始む

ドイツ村の電飾見し日の夕食はどうしたかしらとお節をかこむ

早々と雨戸閉めをり節電のニュース聞きつつ着ぶくれをして

春あさき朝

ガソリンが朝の舗道にこぼれゐて小さき虹の生まれてをりぬ

冬の陽をフードにためて窓ぎはに『風の又三郎』読みゐる少女

大谷のニュース多しと思ひつつけふも濃霧の霽れゆくごとし

コーヒーを淹れつつ鼻うた歌ひをる傘寿の人の春あさき朝

江戸川の遥かにかすむスカイツリーひかりの梯子届いてをりぬ

如月のひかりさんさん降る午後は手袋せずに陽を浴びにゆく

寒暖のはげしき春の夜なれば布団いちまい剝がし戻して

寒暖差アレルギーの洟水にラッコのやうにあふむくわれは

桜ちらしの雨晴れあがりうるはしき四股名の曙太郎逝くなり

あとがき

　タイトルの「萩風光」の萩は、かつての職場の外構の植栽であり、周囲を桜に変える計画によって取り除かれた萩です。持ち帰りわが庭に植えました。大萩に育った枝が視野に揺れると不思議に人の気配を感じるのです。萩のしなやかな枝が風に揺れひかりを返します。母が過ったように感じます。

　本歌集は『柚子寂光』に続く第二歌集であり四二七首を収めました。ほぼ制作順ですが、昨今のコロナ禍、ロシアによるウクライナ侵攻、パレスチナ問題と世界情勢のめまぐるしい状況にあって編集上の入れ替えも少なくありません。結社に属さずいた私は、その後同人誌「晶」に参加させて頂きはや十年、編集部の方を始め会員の皆様には感謝の言葉しかありません。

不穏な空気が世界を覆っています。そんな閉塞感の中にあって歌があることは大きな励みになりました。一ヶ月に一回の歌会は殆ど欠かさなかったように思います。コロナ禍で人混みを避け王子の飛鳥山で行った歌会は今でも心に残っています。薄曇りの太陽にうっすらと虹色の輪がかかり、坐り心地の決して良いとは言えない大きな石をそれぞれが選んで不便をものともせず、歌会を果たしたのも良い思い出です。歌の奥の深さに未だ暗中模索の態で恥じ入るばかりですが、身の回りの自然の小さな神秘に心を奪われる事が多く歌を詠むよすがになっているように思います。

歌集を出すつもりは無かったのですが、しかし十年という期間にはプライベートも世界情勢にも様々な変化が起こり、大げさに言えば一首一首は自分の息のように思えて、この十余年を改めて見つめ直したいと思うようになりました。短歌と向かい合えるのも平和であるからこそとしみじみ思います。

この度、「晶」の高旨清美さんには背を押していただき貴重なアドバイスをいただきました。本当にありがとうございました。

出版に際していっさいをお世話になりました六花書林の宇田川寛之様、装幀の真田幸治様には深く感謝申し上げます。

二〇二四年七月

木村順子

著者略歴

木村順子（きむらじゅんこ）

1947年　長野県生まれ
2011年　第一歌集『柚子寂光』刊行
2012年　「晶」参加

現住所
〒270-0035
千葉県松戸市新松戸南１－８－１

萩風光

2024年９月24日　初版発行

著　者――木村順子

発行者――宇田川寛之

発行所――六花書林
〒170-0005
東京都豊島区南大塚３－24－10　マリノホームズ１A
電話 03-5949-6307
FAX 03-6912-7595

発売――開発社
〒103-0023
東京都中央区日本橋本町１－４－９　フォーラム日本橋８階
電話 03-5205-0211
FAX 03-5205-2516

印刷――相良整版印刷

製本――仲佐製本

定価はカバーに表示してあります
ISBN978-4-910181-72-1 C0092